三年二組、みんなよい子です！

3nen 2kumi
Minna
Yoiko-desu!

くすのきしげのり 作
下平けーすけ 絵

おしごとのおはなし 小学校の先生

講談社

担《たん》任《にん》は、滝《たき》野《の》先《せん》生《せい》

「もえちゃーん、おはよう！」

赤《あか》いゴムで結《むす》んだ髪《かみ》をはずませながら、ななえちゃんが、朝日《あさひ》の中《なか》を走《はし》ってきた。

「おはよう。ななえちゃん、今日《きょう》は、とびきり元気《げんき》だね。」

「あたりまえや。もえちゃん、今日《きょう》から三年《ねん》生《せい》やで、ワクワクするやろ。」

文

わたしは、春野萌美《はるのもえみ》。
仲《なか》よしの岡田奈々恵《おかだななえ》ちゃんは、
二年生《ねんせい》のときに大阪《おおさか》から転校《てんこう》してきた。
ななえちゃんは、元気《げんき》で、
おもしろくて、やさしい。
そして……強《つよ》い。
転校《てんこう》してきた日《ひ》に、ななえちゃんの
言葉《ことば》づかいをからかった、
前田敦士《まえだあつし》くんと大島優人《おおしまゆうと》くんの
ふたりと取《と》っ組《く》み合《あ》いのけんかになって、
ななえちゃんは、とうとうふたりとも泣《な》かしちゃった。

「三年生《ねんせい》も、ななえちゃんと同《おな》じクラスだったらいいな。」

「うん、わたしも、もえちゃんと同《おな》じクラスがええなあ。

……そうや、ええ考《かんが》えがある。」

そう言《い》うと、ななえちゃんが、ふりかえった。

あわてて、わたしもふりかえった。

「三年生《ねんせい》でも、もえちゃんと同《おな》じクラスになれますように！」

両手《りょうて》を合《あ》わせたななえちゃんが、お日さまに向《む》かって、大《おお》きな声《こえ》で言《い》った。

「春休《はるやす》みに行《い》った、徳島《とくしま》のおばあちゃんが、やってたんや。もえちゃんも、いっしょに言《い》おう。」

「うん。」

正面《しょうめん》から朝日《あさひ》を受《う》けて、顔《かお》が温《あたた》かくなった。

「いっしょのクラスになれますように！」

わたしたちは、朝日《あさひ》に向《む》かって言《い》った。

「もえちゃん、なんか、お正月《しょうがつ》みたいやなあ。」

「うん、わたしもそう思《おも》った。」

「まあ、お正月《しょうがつ》は、新《あたら》しい気持《きも》ちになるから、毎日《まいにち》お正月《しょうがつ》でもええやんか。」

ななえちゃんらしい。

学校《がっこう》へ着《つ》いたわたしとななえちゃんは、ランドセルを鳴《な》らしながら三年生《ねんせい》の教室《きょうしつ》へ行《い》った。

まずは、三年《ねん》一組《くみ》の教室《きょうしつ》に入《はい》って、黒板《こくばん》にはってある名簿《めいぼ》を見《み》た。

わたしの名前《なまえ》も、ななえちゃんの名前《なまえ》もない。

「ふたりとも名前《なまえ》がない！」

「と、いうことは……。」

わたしたちは、急《いそ》いで、三年《ねん》二組《くみ》の教室《きょうしつ》に入《はい》った。

「やったー。」

「いっしょや！」

わたしとななえちゃんは、同《おな》じ三年《ねん》二組《くみ》だった。

「うひゃあーっ。」

「また、同《おな》じクラスかよ。」

ななえちゃんを見《み》て、言《い》ったのは、
あつしくんとゆうとくんだ。

「喜《よろこ》んでくれてありがとう。」

ななえちゃんが、
ふたりに向《む》かって言《い》った。

「えっ、あっ。」

「は、はい。」

あわてて返事《へんじ》をしてから、
ふたりは、ほおをふくらませた。

体育館《たいいくかん》で、始業式《しぎょうしき》の前《まえ》に、担任《たんにん》の先生《せんせい》が発表《はっぴょう》された。

わたしたち、三年《ねん》二組《くみ》の担任《たんにん》は、若《わか》い男《おとこ》の先生《せんせい》だ。

「滝野《たきの》豊《ゆたか》です。この三月《がつ》に大学《だいがく》を卒業《そつぎょう》しました。子《こ》どものころからめざしていた小学校《しょうがっこう》の先生《せんせい》として、この桜小学校《さくらしょうがっこう》で、みなさんといっしょにすごすことになりました。どうか、よろしくお願《ねが》いします！」

滝野《たきの》先生《せんせい》は、元気《げんき》よくあいさつをすると、わたしたち、三年《ねん》二組《くみ》に向《む》かって小《ちい》さくピースサインをした。

「ななえちゃん、どうしよう。男《おとこ》の先生《せんせい》だって。」

「なんか、おもしろそうやんか。」

話《はな》しながら、わたしとななえちゃんは、教室《きょうしつ》へ帰《かえ》った。

「そうかなあ、わたし、白鳥先生《しらとりせんせい》みたいなやさしい女《おんな》の先生《せんせい》がよかったなあ。」

二年生《ねんせい》のときに教《おし》えてもらった白鳥先生《しらとりせんせい》は、今年《ことし》は一年生《ねんせい》の担任《たんにん》になっていた。

「だいじょうぶ、だいじょうぶ。あの先生《せんせい》、若《わか》いから、いっしょに遊《あそ》んでくれそうや！」

（でも……。）

「滝野先生《たきのせんせい》って、どんな先生《せんせい》かな。」

「おもしろいのかな。」

「もしかして、きびしい先生《せんせい》だったりして。」

教室《きょうしつ》では、みんな、新《あたら》しい先生《せんせい》のことを話《はな》していた。

そのとき、教室《きょうしつ》の戸《と》が開《あ》いた。

「おはようございます！」

滝野《たきの》先生《せんせい》の大《おお》きな声《こえ》に、教室《きょうしつ》が静《しず》まった。

「みなさん、おはようございます。」

先生《せんせい》は、わたしたちの前《まえ》に立《た》つと、みんなを見《み》わたして、もう一度《いちど》言《い》った。

「お、おはようございます。」

わたしたちが言《い》うと、先生《せんせい》は、耳《みみ》に手《て》をかざした。

「はて、今《いま》、だれかなにか言《い》いましたか？　みなさん、おはようございます！」

先生《せんせい》が、もう一度《いちど》言《い》った。

「おはようございます！」

わたしたちは、先生《せんせい》に負《ま》けないように元気《げんき》な声《こえ》であいさつをした。

「よろしい。では、三年《ねん》二組《くみ》スタートです。」

滝野《たきの》先生《せんせい》が笑顔《えがお》で言《い》った。

サッカーは、楽《たの》しい

「先生《せんせい》、ドッジボールやろう！」

新学期《しんがっき》が始《はじ》まって三日目《みっかめ》。ななえちゃんの提案《ていあん》で、休《やす》み時間《じかん》に先生《せんせい》といっしょにドッジボールをした。

ななえちゃんは、走《はし》るのも泳《およ》ぐのもクラスで一番《ばん》。ドッジボールでも、滝野先生《たきのせんせい》が投《な》げる強《つよ》いボールをどんどん受《う》けて、あつしくんやゆうとくんに当《あ》てていた。

わたしは、運動《うんどう》は好《す》きじゃない。というか、ものすごく苦手《にがて》。

だからドッジボールでも
当《あ》てられないようににげてばっかり。
それなのに、すぐに当《あ》てられる。
今日《きょう》もそう。
ドッジボールが始《はじ》まると、
一番《ばん》にボールを当《あ》てられて、
それからは、ずっと外《そと》で声《こえ》だけ出《だ》していた。
次《つぎ》の日《ひ》もそうだった。
でも、次《つぎ》の日《ひ》は、帰《かえ》りの会《かい》がおわって教室《きょうしつ》を出《で》ようとした
わたしに、滝野先生《たきのせんせい》が、たずねてくれた。
「春野《はるの》さんは、運動《うんどう》では何《なに》が得意《とくい》なのかな。」

「わ、わたし、得意《とくい》なものは、……ありません。走《はし》るのもおそいし、力《ちから》も弱《よわ》いし。」

「じゃあ、やってみたいものは、あるかな。」

「やってみたいもの……。」

「もえちゃんが、やってみたいものか……。」

いっしょにいた、ななえちゃんまで、考《かんが》えはじめた。

「そうや、もえちゃん。サッカーは？　サッカースクールに入《はい》ったお兄《にい》ちゃんとサッカーをしたって、言《い》うてたやんか。」

「いや、でも、それは、ただ、お兄《にい》ちゃんとサッカーボールをけってただけだから。」

「春野《はるの》さん、お兄《にい》ちゃんといっしょにサッカーボールをけったとき、楽《たの》しかったですか。」

わたしは思《おも》いだしてみた。

春休《はるやす》み。

サッカースクールに入《はい》ったお兄《にい》ちゃんが、

サッカースクールで習《なら》ったことをわたしに教《おし》えてくれて
お兄《にい》ちゃんといっしょにボールをけって……。
「楽《たの》しかったです。」
「そうか、よし、
じゃあ、あしたの休《やす》み時間《じかん》は、
サッカーをやってみようか。
といっても、運動場全部《うんどうじょうぜんぶ》は
使《つか》えないから、サッカーゴールを
ひとつ使《つか》わせてもらおう。」
「やったーっ！」
ななえちゃんが喜《よろこ》んだ。

　次《つぎ》の日《ひ》、朝《あさ》からななえちゃんが言《い》っていたので、休《やす》み時間《じかん》になると、すぐにみんながサッカーゴールの前《まえ》に集《あつ》まった。

「じゃあ、先生《せんせい》がゴールキーパーをするから、みんな順番《じゅんばん》にシュートをしてみろ。」

　滝野先生《たきのせんせい》が言《い》って、みんながつぎつぎとシュートをした。でも先生《せんせい》は、とってもうまくて、みんなのシュートは、つぎつぎと止《と》められた。

「ぼくの番《ばん》だ。」

「ゴールを決《き》めるぞ。」

でも、あつしくんのシュートも、ゆうとくんのシュートも先生《せんせい》に止《と》められた。気《き》がつくと、運動場《うんどうじょう》で遊《あそ》んでいたみんなが、ゴールのまわりに集《あつ》まってきていた。

「ダメだ、先生《せんせい》すごいよ。」

「シュートは、ぜったい入《はい》らないよ。」

そのとき、ななえちゃんが言《い》った。

「滝野先生《たきのせんせい》、勝負《しょうぶ》や！」

「よし！」

運動場《うんどうじょう》が、静《しず》かになった。

ななえちゃんは、助走《じょそう》をすると、思《おも》いきりボールをけった。
ねらったのは、ゴールの左《ひだり》すみ。
（入《はい》った！）
わたしたちが、そう思《おも》ったときだ。
ゴールの中央《ちゅうおう》でかまえていた先生《せんせい》が、真横《まよこ》に飛《と》んだ。

先生《せんせい》は、両手《りょうて》で、がっちりとボールを受《う》けとめた。
「あーっ。」
わたしたちは、声《こえ》を上《あ》げた。
そして、まわりで見《み》ていたみんなは、滝野先生《たきのせんせい》に大《おお》きな拍《はく》手《しゅ》をした。

「最後《さいご》は、春野《はるの》さんかな。さあこい！」

そう言《い》って、先生《せんせい》がかまえた。

「あっ、いや、わたしは、もういいです。」

「ダメダメ、思《おも》いっきりシュートしてみろ。」

先生《せんせい》が言《い》った。

「そうやで、そもそも、もえちゃんが『サッカーが楽《たの》しい。』って言《い》うたから、こんなおもろいことができたんやで。」

ななえちゃんは、元気《げんき》よくそう言《い》ってから、わたしの耳元《みみもと》でささやいた。

「あのな、こんな作戦《さくせん》はどうやろ。さっきのわたしみたいに左側《ひだりがわ》をねらう。と、見《み》せかけて、右側《みぎがわ》にシュートをするんや。」

「えーっ。」

わたしは、こまった。

「ななえちゃん、そんなむずかしいこと、わたしにできるかなあ。」

「もえちゃん、だいじょうぶや！」

そして先生《せんせい》に言《い》った。

「先生《せんせい》、もえちゃんのウルトラ・スーパー・スペシャル・ミラクルシュートやで！」

「よし、こい！」

「おおーっ。」

見《み》ていたみんなが、どよめいた。

（うわーっ、どうしよう。今《いま》、チャイムが鳴《な》ったらいいのに。）

「もえちゃん、がんばって！」

「わ、わかった。」

（しかたない、とにかく思《おも》いっきりけろう。『左側《ひだりがわ》をねらうようにして、右《みぎ》へける。』だったな。でも、できるかなあ。）

わたしは、ななえちゃんのように、助走《じょそう》をつけて、思《おも》いっきりけった。

……つもりが、空振《からぶ》りをしてしまった。
（あーっ、やっちゃった。）
わたしは、はずかしくて顔《かお》がまっ赤《か》になった。
でも、その瞬間《しゅんかん》、滝野《たきの》先生《せんせい》は、
ななえちゃんのときのように左側《ひだりがわ》に飛《と》んでいた。
「もえちゃん、今《いま》や。シュートや！」
ななえちゃんに言《い》われて、わたしは、あわてて右《みぎ》すみをねらって、シュートした。
思《おも》いっきりけったはずなのに、ボールはころころと転《ころ》がっていった。

「しまった！」

先生《せんせい》が立《た》ちあがって、ボールを止《と》めに飛《と》びこんだ。

でも、それより先《さき》に、ボールは転《ころ》がりながらゴールに入《はい》っていった。

（は、はいった！　わたしのシュートが入《はい》った。）

「ゴール！」

ななえちゃんが、さけんだ。

「おおおーっ！」

大《おお》きな歓声《かんせい》が上《あ》がった。

「ウルトラシュートだ！」

「スーパーシュートだ！」

「スペシャルシュートだ！」

「ミラクルシュートだ！」

運動場《うんどうじょう》にいたみんなが、
拍手《はくしゅ》をしてくれた。

「ナイスシュート！

いやあ、完全《かんぜん》にやられた。」

滝野《たきの》先生《せんせい》も拍手《はくしゅ》をしてくれた。

「もえちゃん、やったなあ。」

ななえちゃんが、自分《じぶん》のことのように喜《よろこ》んでくれた。

（サッカーって、ほんとに楽《たの》しいかも。）

みんなの拍手《はくしゅ》と歓声《かんせい》のなかで、わたしの胸《むね》があつくなった。

よい子《こ》の石《いし》スタート

「もえちゃん、かっこよかったなあ。」

教室《きょうしつ》に帰《かえ》ってからも、ななえちゃんが言《い》ってくれた。

「でも、なんかふしぎなシュートだったなあ。」

あつしくんが、首《くび》をかしげながら言《い》った。

「だから、ウルトラ・スーパー・スペシャル・ミラクルシュートなんや！　わかった？」

「う、うん、わかった。」

「いやあ、春野《はるの》さん。いいシュートだったな。」

言《い》いながら、滝野先生《たきのせんせい》が教室《きょうしつ》に入《はい》ってきた。

「でも、先生《せんせい》のキーパーも、すごかった。先生《せんせい》、サッカーやってたんですか？」

ゆうとくんが、たずねた。

「うん、小学《しょうがく》三年生《ねんせい》のときから、ずっとやってるんだ。」

「だから、あんなにじょうずなんだ。」

「でも、五年生《ねんせい》でゴールキーパーを始《はじ》めたときは、近《ちか》くでシュートされるとボールがこわくてね。」

「えーっ、それで、どうしたんですか。」

「そのときに山下先生《やましたせんせい》っていう担任《たんにん》の先生《せんせい》が、毎日放課後《まいにちほうかご》になるといっしょに練習《れんしゅう》してくれたんだ。山下先生《やましたせんせい》は、クラスの子《こ》どもひとりひとりを大切《たいせつ》にしてくれてね。そんな山下先《やましたせん》生《せい》のような先生《せんせい》になりたいと思《おも》って、こうして先生《せんせい》になったんだ。でも、ずっとゴールキーパーをやってきた先生《せんせい》からゴールを決《き》めたんだから、春野《はるの》さんは、すごいぞ。」

そう言《い》って、滝野先生《たきのせんせい》が、そしてみんなが、また、大《おお》きな拍手《はくしゅ》をしてくれた。

わたしは、あわてて立《た》ちあがった。
「あの、それは、ななえちゃんが、岡田《おかだ》さんが、作戦《さくせん》を教《おし》えてくれたからです。だから、すごいのは、わたしじゃなくて岡田《おかだ》さんなんです。」
「いやいや、あれは、もえちゃんのミラクルシュートやで。」
笑顔《えがお》のななえちゃんが、首《くび》を横《よこ》にふった。

そのときだ。

「春野《はるの》さん。友《とも》だちのいいところに気《き》がついて、みんなに教《おし》えてあげられて。先生《せんせい》は、そのことがとてもすばらしいと思《おも》う。みんなも、春野《はるの》さんのように、友《とも》だちのいいところに気《き》づくことができるようになろうね。」

先生《せんせい》がみんなに向《む》かって言《い》った。

「そうだ。友《とも》だちのいいところに気《き》がついたり、いいことができたら、今《いま》のように、みんなに知《し》ってもらうようにしよう。」

先生《せんせい》が、続《つづ》けて言《い》った。

「あっ、先生《せんせい》、それって。」

ななえちゃんが、立《た》ちあがった。

みんなが、いっせいに、ななえちゃんを見《み》た。

「先生《せんせい》、これや！」

言《い》いながら、ななえちゃんは、筆箱《ふでばこ》から小《ちい》さな白《しろ》い石《いし》を取《と》りだした。

「岡田《おかだ》さん、それは?」

「これは、『ええ子《こ》の石《いし》』です。この春休《はるやす》みに徳島《とくしま》のおばあちゃんちに行《い》ったときに、おばあちゃんがくれたんや。今《いま》、先生《せんせい》が言《い》ったように、わたしが、お手伝《てつだ》いやおそうじをしたときには、いつも、おばあちゃんが、お父《とう》さんやお母《かあ》さんの前《まえ》で『ななえちゃんは、ええ子《こ》やなあ。』ってほめてくれて、そのたびにこの石《いし》をくれたんや。」

「なるほど、それ、いいなあ。」

「先生《せんせい》、『ええこ』って、なんですか。」

あつしくんが、質問《しつもん》した。

「もうっ。『ええ子《こ》』は、『よい子《こ》』っていうことや!」

先生《せんせい》より先《さき》に、ななえちゃんが言《い》った。
「よし、じゃあ、進《すす》んでいいことをしたり、
友《とも》だちのいいところに気《き》がついたりしたら、
おたがいに発表《はっぴょう》しあって、
みんなに知《し》ってもらうようにしよう。
そして、この石《いし》『よい子《こ》の石《いし》』を
集《あつ》めるようにしようか。」
「さんせい！」
「おもしろそう！」
みんながさんせいをした。

「でも、先生《せんせい》、石《いし》はどうするんですか。」

「ホームセンターで買《か》えると思《おも》うから、先生《せんせい》が用意《ようい》する。」

「でも、その石《いし》をもらって、どこにおいておくんですか。」

ゆうとくんが続《つづ》けて質問《しつもん》した。

（あっ。）

わたしは、いいことを思《おも》いついた。

「先生《せんせい》、ペットボトルにためていったらいいと思《おも》います。」

「もえちゃん、名案《めいあん》や！」

「そうだな。春野《はるの》さん、いいアイデアだ。じゃあ、みんな、ラベルをはがして、中《なか》をあらったペットボトルを持《も》ってこよう。大《おお》きさは、五〇〇ミリリットルくらいがいいかな。」

次《つぎ》の日《ひ》、登校《とうこう》すると、みんなペットボトルを持《も》ってきていた。

でも、みんな五〇〇ミリリットルのペットボトルなのに、あつしくんとゆうとくんは、水《みず》が入《はい》っていた二リットルの大《おお》きなペットボトルを持《も》ってきていた。

「どうして、そんな大《おお》きなのを持《も》ってきたの？」

「へへへ、おれたち、『よい子《こ》の石《いし》』をいっぱいためるんだもんね。なっ。」

「うん。」

「おはよう。『よい子《こ》の石《いし》』のやり方《かた》を考《かんが》えてきたぞ。」

滝野先生《たきのせんせい》が大《おお》きな段《だん》ボール箱《ばこ》をかかえて教室《きょうしつ》に入《はい》ってきた。

朝《あさ》の会《かい》のときに、先生《せんせい》は、段《だん》ボール箱《ばこ》の中《なか》から小《ちい》さな白《しろ》い石《いし》がいっぱい入《はい》ったかごを取《と》りだした。

「『よい子《こ》の石《いし》』は、自分《じぶん》が進《すす》んでいいことができたときやがんばったときには、自分《じぶん》のペットボトルに、この白《しろ》い石《いし》を入《い》れます。友《とも》だちがしたいいこ

とや、友《とも》だちのいいところに気《き》がついたときには、その友《とも》だちのペットボトルとそれに気《き》がつくことができた自分《じぶん》のペットボトルにも、この白《しろ》い石《いし》を入《い》れるようにします。でも、それは、朝《あさ》の会《かい》や帰《かえ》りの会《かい》のときに、みんなの前《まえ》で発表《はっぴょう》してからです。もちろん先生《せんせい》もいっしょにやるからな。」

「はいっ！」

わたしたちは元気《げんき》よく返事《へんじ》をした。

「では、まず、きのう岡田《おかだ》さんのいいところを見《み》つけることができた春野《はるの》さんそして岡田《おかだ》さん。ペットボトルを持《も》って前《まえ》に来《き》てください。」

わたしと、ななえちゃんが、前《まえ》にならんだ。

「では、『よい子《こ》の石《いし》』をどうぞ。」

そう言《い》って、先生《せんせい》が白《しろ》い石《いし》をペットボトルに入《い》れてくれた。

コトーン

コトーン

わたしとななえちゃんのペットボトルの底《そこ》で、「よい子《こ》の石《いし》」が音《おと》を立《た》てた。

「わーっ。」

「いいなあ。」

言《い》いながら、みんなが拍手《はくしゅ》をしてくれた。

その日《ひ》の帰《かえ》りの会《かい》はもちろん、次《つぎ》の日《ひ》の朝《あさ》の会《かい》も帰《かえ》りの会《かい》も、みんな自分《じぶん》がすることができたいいことや、友《とも》だちがしたいいことや友《とも》だちのいいところをどんどん発表《はっぴょう》していった。

その日《ひ》から、みんなのペットボトルには、よい子《こ》の石《いし》がたまっていった。

でも、そんななかで、あつしくんとゆうとくんのペットボトルはちがっていた。

「なんか、ふたりだけ、たまるのがおそいなあ。」

ななえちゃんが言《い》うとおり、ふたりのペットボトルにもよい子《こ》の石《いし》が入《はい》っているのに、底《そこ》にばらばらとならんでいるだけだった。

「あっ、これって、
ペットボトルが
大《おお》きすぎるからじゃないかな。
だから同《おな》じ数《かず》でもたまった
感《かん》じがしないんじゃ……。」
「わかってる！」
「あした小《ちい》さいペットボトルを
持《も》ってくることにしてるから！」
わたしの言葉《ことば》をさえぎってふたりが言《い》った。
そして、次《つぎ》の日《ひ》。あつしくんとゆうとくんは、
五〇〇ミリリットルのペットボトルを持《も》ってきていた。

ななえちゃんの心配《しんぱい》

「もえちゃん、サッカーの練習《れんしゅう》やろう。」

「うん。」

わたしとななえちゃんは、このごろ毎日《まいにち》、休《やす》み時間《じかん》になると、サッカーの練習《れんしゅう》をしている。

「来週《らいしゅう》、参観日《さんかんび》があるやろ。」

パスの練習《れんしゅう》をしながら、ななえちゃんが言《い》った。

「うん。」

ななえちゃんにボールをパスしながらわたしは返事《へんじ》をした。

「算数《さんすう》かな、国語《こくご》かな。」

「さあ。」

「体育《たいいく》で、サッカーやったらええのになあ。」

「それ、さんせい。」

「なあ、もえちゃん。」

「なに。」

「この前《まえ》、日記《にっき》に『サッカー選手《せんしゅ》になりたいです。』って書《か》いたら、滝野《たきの》先生《せんせい》が『応援《おうえん》します。』って書《か》いてくれたんやで。」

「わたしは、『サッカーは楽《たの》しいです。』って書《か》いてたら、『きっとうまくなりますよ。』って書《か》いてくれてたよ。」

「滝野先生《たきのせんせい》って、時間《じかん》があったら、サッカー教《おし》えてくれるやろ。」

「うん。」

「滝野先生《たきのせんせい》って、勉強《べんきょう》もひとりひとりわかるまで教《おし》えてくれるやろ。」

「うん、それで、いっぱいほめてくれる。」

「ああっ、そういうことだけ言《い》えばよかったんや。」

「どうしたの？」

「もえちゃん、わたし、ちょっと心配《しんぱい》なことがあるんや。」

パスを止《と》めて、ななえちゃんが言《い》った。
「どんなこと。」
「あのな、もえちゃんは、お母《かあ》さんに、
『滝野先生《たきのせんせい》は、どんな先生《せんせい》?』って
聞《き》かれたことある?」
「ああ、それは聞《き》かれた。」
「なんて言《い》うた?」
「『いつも元気《げんき》ハツラツで、
なんでも一生《いっしょう》けんめいで、
みんなのことをいっぱいほめてくれる、
いい先生《せんせい》。』って言《い》った。ななえちゃんは?」

「わたしな、お母《かあ》さんが、あんまりいろいろ聞《き》いてくるから、いちいちこたえるのがめんどうになって『若《わか》くて、かっこよくて、ものすごいイケメンやで。』って言《い》うたんや。そしたらな……。」
「そしたら？」
「お母《かあ》さん、夜中《よなか》まで、ママ友《とも》に電話《でんわ》をしたりメールしたりしてた。わたし、ちょっと心配《しんぱい》やねん。参観日《さんかんび》どうなるんやろ。」

「ななえちゃんが心配《しんぱい》するなんてめずらしいね。でも、参観《さんかん》日《び》は、みんな自分《じぶん》の子《こ》どものところへ行《い》くから、だいじょうぶだと思《おも》うよ。」

「そうやろか。なんか、悪《わる》い予感《よかん》がするなあ。」

「だいじょうぶだって。」

めずらしく、わたしがななえちゃんをはげましてあげた。

でも、ななえちゃんが心配《しんぱい》するだけのことはあって、その予感《よかん》は、見事《みごと》に当《あ》たった。

わたしの夢《ゆめ》

三年生《ねんせい》になってはじめての参観日《さんかんび》。

五時間目《じかんめ》の授業参観《じゅぎょうさんかん》が始《はじ》まる前《まえ》に、三年二組《ねんくみ》の教室《きょうしつ》は、お母《かあ》さんたちでいっぱいになっていた。

そのうえ、ろうかでは、

「ここよ、ここよ！」

「三年二組《ねんくみ》の先生《せんせい》って、どんな先生《せんせい》？」

なんて言《い》いながら、ほかのクラスのお母《かあ》さんたちもつぎつぎと集《あつ》まってきた。

（あっ。）

校長先生《こうちょうせんせい》も、教頭先生《きょうとうせんせい》もやってきた。

きっと、ものすごくたくさん人《ひと》が集《あつ》まっているからだ。

「滝野《たきの》先生《せんせい》、はじめての授業参観《じゅぎょうさんかん》で、どんな授業《じゅぎょう》をされるんでしょうかね。」

「楽《たの》しみですね。」

校長先生《こうちょうせんせい》と教頭先生《きょうとうせんせい》が教室《きょうしつ》をのぞきながら言《い》った。

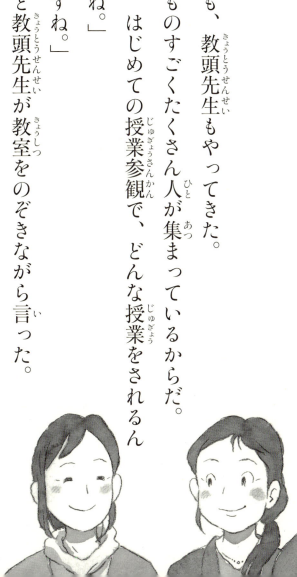

「ななえちゃん、どうする。すごいことになったよ。」

わたしが見《み》ると、ななえちゃんは、頭《あたま》をかかえていた。

そして、頭《あたま》をかかえたまま言《い》った。

「まあ、ええやんか。どうせやるなら、いっぱいの人《ひと》が見《み》てくれるほうが、やる気《き》が出《で》てくる!」

「でも、滝野先生《たきのせんせい》、なんだかきんちょうしてるみたい。」

三年《ねん》二組《くみ》のわたしたちの人数《にんずう》よりはるかに多《おお》い参観《さんかん》の人《ひと》の数《かず》におどろきながら、滝野先生《たきのせんせい》は、授業《じゅぎょう》の準備《じゅんび》をしていた。

でも、なんだか少《すこ》し顔色《かおいろ》が悪《わる》いような気《き》がする。

それに、いつものような笑顔《えがお》じゃない。

おまけに、滝《たき》のように流《なが》れるあせに

ハンカチでは追《お》いつかなくて、滝野先生《たきのせんせい》は
タオルを出《だ》してふいていた。
「ななえちゃん、滝野先生《たきのせんせい》だいじょうぶかなあ。」
「……そうや！　ええこと言《い》うてあげよう。」
そう言《い》って、ななえちゃんが席《せき》を立《た》った。
ななえちゃんは、先生《せんせい》の
ところへ行《い》くと、
あのサッカーのときに、
わたしにしたように、
滝野先生《たきのせんせい》の耳元《みみもと》でなにかを話《はな》した。
とたんに、滝野先生《たきのせんせい》の表情《ひょうじょう》がゆるんだ。

ななえちゃんが席《せき》に着《つ》くと、先生《せんせい》は、大《おお》きく深呼吸《しんこきゅう》をした。

チャイムが鳴《な》った。

先生《せんせい》は、白《しろ》いチョークで黒板《こくばん》に大《おお》きく「夢《ゆめ》」と書《か》いた。

「今日《きょう》の道徳《どうとく》の時間《じかん》は、『夢《ゆめ》』について考《かんが》えましょう。」

五時間目《じかんめ》の道徳《どうとく》の学習《がくしゅう》が始《はじ》まった。

「では、このふたつについて、理由《りゆう》も考《かんが》えながら書《か》いてください。」

そう言《い》って先生《せんせい》が配《くば》ってくれた

プリントには、ふたつの質問《しつもん》があった。

ひとつ目《め》は、

「あなたは、将来何《しょうらいなに》になりたいですか。」

ふたつ目《め》は、

「あなたは、どんな人《ひと》になりたいですか。」

わたしは、一生《いっしょう》けんめい考《かんが》えた。

わたしが考《かんが》えていると、ななえちゃんは、もう書《か》きおわったみたいだった。

滝野先生《たきのせんせい》は、机《つくえ》の間《あいだ》を歩《ある》きながらひとりひとりのようすを見《み》て、まだ書《か》けていない子《こ》がいると、いっしょに考《かんが》えてあげていた。

そんな滝野先生《たきのせんせい》を見《み》ながら、わたしは、三年生《ねんせい》になってからのことを、思《おも》いだしていた。

三年生《ねんせい》になって、運動《うんどう》が苦手《にがて》だったわたしが、サッカーをするようになった。

それは、滝野先生《たきのせんせい》がわたしのためにサッカーをしてくれたから。

あの日《ひ》、へなちょこシュートだったけど、ゴールを決《き》めた。

そんなわたしを、滝野先生《たきのせんせい》は、いっぱいほめてくれた。

そして、あの日《ひ》から、「よい子《こ》の石《いし》」も始《はじ》まった。

三年生《ねんせい》になってから、わたしは、楽《たの》しかった学校《がっこう》がもっと楽《たの》しくなった。

（よしっ。）

わたしの中《なか》で書《か》くことが決《き》まった。

わたしは、一文字《ひともじ》一文字《ひともじ》、ていねいに書《か》いた。

滝野先生《たきのせんせい》が回《まわ》ってきてくれたとき、わたしは、あわてて、プリントをうらがえした。

「もう書《か》けましたか。」

わたしは、だまってうなずいた。

「では、みんな、発表《はっぴょう》しましょう。」

（えっ、どうしよう。発表《はっぴょう》するなんて考《かんが》えてなかった。）

胸《むね》が、ドキドキした。

でも、みんなつぎつぎと発表《はっぴょう》している。

「おれは、いや、ぼくは、将来《しょうらい》、和菓子《わがし》を作《つく》る人《ひと》になりたいです。それは、ぼくのうちが和菓子屋《わがしや》だからです。そして、ぼくは、正直《しょうじき》な人《ひと》になりたいです。それは、お父《とう》さんが、『正直《しょうじき》は、商売《しょうばい》の基本《きほん》だ。』といつも言《い》っているからです。」

あつしくんが発表《はっぴょう》した。

「ぼくは、お医者《いしゃ》さんになりたいです。それは、ぼくが生《う》まれてくるときに、なかなかたいへんで、お医者《いしゃ》さんが一生《いっしょう》けんめいがんばって、ぼくの命《いのち》を助《たす》けてくれたからです。ぼくはお医者《いしゃ》さんになって、自分《じぶん》の名《な》前《まえ》のように優《やさ》しい人《ひと》になりたいです。」

（あっ。）

ゆうとくんの発表《はっぴょう》を聞《き》いて、ゆうとくんのお母《かあ》さんが泣《な》いていた。

ひとりひとりがんばって発表《はっぴょう》をして、その発表《はっぴょう》をみんなでしんけんに聞《き》いた。
お父《とう》さんやたくさんのお母《かあ》さんたちも静《しず》かに聞《き》いていた。

ななえちゃんの番《ばん》になった。

「わたしは、『なでしこジャパン』の選手《せんしゅ》として、ワールドカップに出場《しゅつじょう》できるようなサッカー選手《せんしゅ》になりたいです。そして、いつも元気《げんき》で、まわりのみんなも元気《げんき》にできる人《ひと》になりたいです！」

いつものようにはきはきと発表《はっぴょう》して、ななえちゃんがすわった。

(どうしよう。わたしの番《ばん》だ。)

(でも、ドキドキが止《と》まらない。……そうだ。)

わたしは、立《た》ちあがると、授業《じゅぎょう》の前《まえ》に滝野先生《たきのせんせい》がしたように、大《おお》きく深呼吸《しんこきゅう》をした。

滝野先生《たきのせんせい》が、はげますようにうなずいてくれた。

「二年生《ねんせい》のときも楽《たの》しかったけど、滝野先生《たきのせんせい》のクラスになって、わたしは、学校《がっこう》がもっと楽《たの》しくなりました。サッカーもするようになりました。みんなで『よい子《こ》の石《いし》』も始《はじ》めました。三年《ねん》二組《くみ》は、とても楽《たの》しくて、やさしくて、笑顔《えがお》がいっぱいのクラスです。だから……。」

わたしは、大《おお》きく息《いき》をすった。

「わたしは、小学校《しょうがっこう》の先生《せんせい》になりたいです。そして、滝野先《たきのせん》生《せい》のように、みんなのいいところを見《み》つけて、いっぱいほめてあげられる人《ひと》になりたいです。」

「春野《はるの》さん、ありがとう。ものすごくうれしいです。」

そう言《い》って滝野先生《たきのせんせい》が笑顔《えがお》でうなずいた。

「今《いま》、みなさんに、将来何《しょうらいなに》になりたいのか。そして、どんな人《ひと》になりたいのか、を発表《はっぴょう》してもらいました。このふたつは、みなさんの大切《たいせつ》な『夢《ゆめ》』です。」

そして、先生《せんせい》は続《つづ》けた。

「わたしは、小学校《しょうがっこう》の先生《せんせい》になりたいと思《おも》い、こうしてみなさんの担任《たんにん》になることができました。だからわたしは、担任《たんにん》として、みなさんひとりひとりを、そして今聞《いまき》かせてくれたひとりひとりの夢《ゆめ》をしっかりと応援《おうえん》できる人《ひと》になりたいと思《おも》います。」

先生《せんせい》は、わたしたちひとりひとりを見《み》ながら言《い》った。

「では、よい子《こ》の石《いし》を出《だ》して、後《うし》ろのお父《とう》さんやお母《かあ》さんに見《み》てもらいましょう。」

よい子《こ》の石《いし》が入《はい》ったペットボトルを持《も》って立《た》ちあがったわたしたちは、自分《じぶん》のお父《とう》さんやお母《かあ》さんによい子《こ》の石《いし》を見《み》せた。

「保護者《ほごしゃ》のみなさん。これは、『よい子《こ》の石《いし》』といいます。よい子《こ》の石《いし》は、自分《じぶん》が進《すす》んでいいことができたときやがんばったときには、自分《じぶん》のペットボトルに白《しろ》い石《いし》を入《い》れます。友《とも》だちがしたいいことや、友《とも》だちのいいところに気《き》がついたときには、その友《とも》だちのペットボトルとそれに気《き》がつくことができた自分《じぶん》のペットボトルにも白《しろ》い石《いし》を入《い》れるようにして

います。

三年《ねん》二組《くみ》では、こうして、よい子《こ》の石《いし》をためています。そして、今《いま》、これだけたまっているのです。」

「ほうっ。」

校長先生《こうちょうせんせい》が、うなずいた。

「さあ、みんな、手《て》をのばして。」

滝野先生《たきのせんせい》の言葉《ことば》に、わたしたちはペットボトルを持《も》った手《て》を高《たか》く上《あ》げた。

そして、滝野先生《たきのせんせい》は胸《むね》をはって言《い》った。

「今《いま》、聞《き》いていただいたように、ひとりひとり大切《たいせつ》な夢《ゆめ》を持《も》っています。そして、三年《ねん》二組《くみ》は、このとおり、みんなよい子《こ》です！　みなさん、どうか、子《こ》どもたちの未来《みらい》に向《む》けていっしょに応援《おうえん》をよろしくお願《ねが》いします。」

先生《せんせい》の言葉《ことば》に、教室《きょうしつ》が大《おお》きな拍手《はくしゅ》につつまれた。

夢

帰《かえ》りの会《かい》で

「ななえちゃん、今日《きょう》の授業参観《じゅぎょうさんかん》、みんなも、滝野先生《たきのせんせい》もがんばったね。」

「そうやろ、だから、いっぱい見《み》に来《き》てもらってて、よかったんや。」

「ななえちゃん、授業《じゅぎょう》が始《はじ》まる前《まえ》、滝野先生《たきのせんせい》になんて言《い》ったの？」

「ああ、あれな、『先生《せんせい》、いっぱい見《み》に来《き》てるけど、がんばってください。がんばったら、わたしが、よい子《こ》の石《いし》をあげるからね。』って、言《い》うたんや。」

「えーっ、ななえちゃん、先生《せんせい》の先生《せんせい》みたい。」

「どう、わたし、『まわりのみんなも元気《げんき》にできる人《ひと》』になってる?」

そう言《い》うと、ななえちゃんは、いつものように明《あか》るい顔《かお》で笑《わら》った。

帰《かえ》りの会《かい》が始《はじ》まった。

よい子《こ》の石《いし》の発表《はっぴょう》のとき、ななえちゃんは、約束《やくそく》どおり、

「今日《きょう》の授業参観《じゅぎょうさんかん》は、なぜかいっぱいの人《ひと》が見《み》に来《き》ていました。でも、滝野先生《たきのせんせい》は、よくがんばりました。」

そう言《い》って、先生《せんせい》のペットボトルによい子《こ》の石《いし》を入《い》れた。

わーっ！

みんなが、拍手《はくしゅ》をした。

よい子《こ》の石《いし》をもらった滝野先生《たきのせんせい》が、わたしたちと同《おな》じように、喜《よろこ》んでいた。

やっぱり、三年《ねん》二組《くみ》は、いいクラスだ。
うん。
わたし、ぜったいに滝野《たきの》先生《せんせい》みたいな小学校《しょうがっこう》の先生《せんせい》になろう。

小学校《しょうがっこう》の先生《せんせい》の まめちしき

小学校《しょうがっこう》の先生《せんせい》のお仕事《しごと》にちょっぴりくわしくなる

オマケのおはなし

学校《がっこう》でお仕事《しごと》をしているのは、だれ？

みなさんは、小学校《しょうがっこう》に通《かよ》って勉強《べんきょう》をしていますが、先生《せんせい》は勉強《べんきょう》を教《おし》えるという「仕事《しごと》」をしています。いろいろな勉強《べんきょう》を教《おし》えてくれる、滝野《たきの》先生《せんせい》のような先生《せんせい》（教員《きょういん》）のことを、「小学校教諭《しょうがっこうきょうゆ》」といいます。

ほかに、どんな人《ひと》が小学校《しょうがっこう》で働《はたら》いているか、思《おも》い出《だ》してみましょう。

校長先生《こうちょうせんせい》や教頭先生《きょうとうせんせい》は、学校《がっこう》のリーダー。先生《せんせい》たちをまとめています。保健室《ほけんしつ》には保健《ほけん》の先生《せんせい》（養護教諭《ようごきょうゆ》）、図書室《としょしつ》には司書《ししょ》の先生《せんせい》がいます。英語《えいご》の時間《じかん》にやってくるのは、ＡＬＴ《エーエルティー》とよばれる外国人《がいこくじん》の先生《せんせい》です。学校《がっこう》のお金《かね》や道具《どうぐ》の管理《かんり》をしたりする人《ひと》（学校事務職員《がっこうじむしょくいん》）や、校庭《こうてい》や校舎《こうしゃ》の手《て》入《い》れなどをする人《ひと》（用務主事《ようむしゅじ》）。そして、おいしくて栄養《えいよう》のある給食《きゅうしょく》を考《かんが》えて作《つく》る人《ひと》（栄養士《えいようし》・調理員《ちょうりいん》）もいます。

たくさんの人《ひと》の仕事《しごと》のおかげで、楽《たの》しく安全《あんぜん》に、学校《がっこう》ですごすことができるんですね。

Apple

先生《せんせい》は放課後《ほうかご》、何《なに》をしているの？

学校《がっこう》がおわったあと、先生《せんせい》も子《こ》どもたちと同《おな》じように、すぐに家《いえ》に帰《かえ》るかというと、そんなことはありません。先生《せんせい》には、まだまだ仕事《しごと》があるのです。

テストの採点《さいてん》をして、ひとりひとりにコメントを書《か》いたり、「学級《がっきゅう》だより」のようなプリントや資料《しりょう》を作《つく》ります。先生《せんせい》どうしの打《う》ち合《あ》わせや、会議《かいぎ》があることもあります。また、授業《じゅぎょう》をわかりやすくするために、くふうして教材《きょうざい》を作《つく》ったりしていると、家《いえ》に帰《かえ》るのは夜遅《よるおそ》くになってしまうこともあります。

小学校《しょうがっこう》の先生《せんせい》は、なかなかいそがしくて、たいへんな仕事《しごと》です。がんばるためには、受《う》けもっている子《こ》どもたちみんなのことが大好《だいす》き、という気持《きも》ちが必要《ひつよう》かもしれませんね。

先生《せんせい》になるには？

小学校《しょうがっこう》の先生《せんせい》になるためには、まず「小学校教諭免許状《しょうがっこうきょうゆめんきょじょう》」をとらなければいけません。教員養成《きょういんようせい》コースがある大学《だいがく》や短期《たんき》大学《だいがく》に入《はい》って、きめられた勉強《べんきょう》をすると、免許《めんきょ》がもらえます。

みなさんの学校《がっこう》にも、教育実習《きょういくじっしゅう》の大学生《だいがくせい》がやってきて、きんちょうしながら授業《じゅぎょう》をしたことはありませんか。教育実習《きょういくじっしゅう》も、教諭免許《きょうゆめんきょ》のために必要《ひつよう》な勉強《べんきょう》のひとつです。

免許《めんきょ》をとったら、都道府県《とどうふけん》や市《し》の採用試験《さいようしけん》を受《う》けます。小《しょう》学校《がっこう》の先生《せんせい》は、国語《こくご》・算数《さんすう》・理科《りか》・社会《しゃかい》だけではなく、体育《たいいく》や音楽《おんがく》など、すべての教科《きょうか》を教《おし》えるので、水泳《すいえい》やピアノなどの実技試験《じつぎしけん》もあります。

そんなたいへんな試験《しけん》に合格《ごうかく》して、やっと滝野先生《たきのせんせい》のような、新人《しんじん》の先生《せんせい》になれるのです！

くすのき しげのり

1961年、徳島県生まれ。小学校教諭、鳴門市立図書館副館長などを経て、児童文学作家となる。絵本『おこだでませんように』『メガネをかけたら』(ともに小学館)が青少年読書感想文全国コンクール課題図書となる。『ふくびき』(小学館)、『ともだちやもんな、ぼくら』(えほんの杜)で第3回ようちえん絵本大賞を受賞。他に、「いちねんせいの1年間」シリーズ(講談社)など多数の作品がある。
くすのきしげのり公式ホームページ
www.kusunokishigenori.jp

下平けーすけ｜しもひらけーすけ

1975年、茨城県生まれ。講談社フェーマススクールズ出身。児童書を中心に、イラストレーターとして活躍する。おもな作品に、『オトタケ先生の3つの授業』(乙武洋匡作、講談社)、『おじいちゃんが孫に語る戦争』(田原総一朗作、講談社)、『へんしん！　へなちょこヒーロー』(野泉マヤ作、文研出版)、『とくべつなお気に入り』(エミリー・ロッダ作、岩崎書店)などがある。

装丁／大岡喜直（next door design）
本文 DTP／脇田明日香

おしごとのおはなし　小学校《しょうがっこう》の先生《せんせい》
三年《ねん》二組《くみ》、みんなよい子《こ》です！

2015年12月22日　第1刷発行
2022年9月1日　第9刷発行
作　くすのきしげのり
絵　下平《しもひら》けーすけ
発行者　鈴木章一
発行所　株式会社講談社　KODANSHA
〒112-8001 東京都文京区音羽2-12-21
電話　編集 03-5395-3535　販売 03-5395-3625　業務 03-5395-3615
印刷所　株式会社ＫＰＳプロダクツ
製本所　株式会社若林製本工場

N.D.C.913 79p 22cm
ISBN978-4-06-219847-9